KB172111

푸른사상
시선
117

마지막 버스에서

허윤설 시집

푸른사상
PRUNSASANG

푸른사상 시선 117

마지막 버스에서

인쇄 · 2019년 12월 10일 | 발행 · 2019년 12월 15일

지은이 · 허윤설
펴낸이 · 한봉숙
펴낸곳 · 푸른사상사

주간 · 맹문재 | 편집 · 지순이, 김수란 | 마케팅 · 김두천
등록 · 1999년 7월 8일 제2-2876호
주소 · 경기도 파주시 회동길 337-16(서패동 470-6) 푸른사상사
대표전화 · 031) 955-9111(2) | 팩시밀리 · 031) 955-9114
이메일 · prun21c@hanmail.net /prunsasang@naver.com
홈페이지 · http://www.prun21c.com

ⓒ 허윤설, 2019

ISBN 979-11-308-1488-9   03810
값 9,000원

푸른사상 시선 117

마지막 버스에서

이 시집은 2019년 부천시 문화예술발전기금 지원사업 수혜를 받아
발간되었습니다.

걷다 보니 봄이 오고 겨울이다.

계절이 오는 게 아니라 내가 가고 있다.

숨은 그림 찾기처럼 같은 듯 다른 계절을 가다가

만나는 다양한 시(詩)들, 원석이다.

아직은 시를 다듬는 게 많이 부족하다.

그래도 때가 되면 떠나야 하기에 내 이름을 입혀 세상에 내놓는다.

여러 문예지에 발표한 시들도 다시 손을 봐 묶었다.

그동안 응원하고 지지해준 가족들과 도움 주신 부천작가 선생님들 그리고 바쁜 중에도 뒤표지글을 써주신 오인태 선생님과 다시 동인들께

감사의 인사를 드린다.

2019년 부천 진달래마을에서
허윤설

| 차례 |

■ 시인의 말

제1부

제2부

제3부

제4부

제1부

빈대떡

저문 하루에 기름칠한다
풀리지 않는 일처럼 혀가 꼬이고
세상은 법 돌아가다 외돌아가
기름 뒤집어쓴 빈대떡을 찢어
둥글지 못한 세상을 함께 씹는다
바삭바삭 부서지는 가장자리
변방이다

바닥을 보인 접시와 막걸리 잔
속을 채우고 집으로 가는 길

하늘에 둥근 빈대떡 한 장
휘청거리며 따라온다

초년생

화장실 문 뒤 작은 흔들림에
물이 방울져 걸리자
놀란 새끼 거미 한 마리
걸음이 바쁘다

첫걸음 내딛은 집이자 삶의 터전이
물 한 바가지에 무너져 내려
뒤돌아보지 않고 도망치는 모습

줄 없으면
넓은 곳으로 나갈 기회도
딛고 일어설 자리도 없어
구석진 곳에 자리 잡고
입에 거미줄 치지 않으려
제 몸에서 실을 뽑는다

걸려들 것도 없는 곳에

그물을 치는 일이라니

스치는 바람에 길을 물으며
흔들리는 풍경 낯설어도
익숙하게 세상 속으로 들어가면 좋을.

바닥 소리

걸을 때마다 신발 뒤쪽에서
달그락 소리 따라와
지나가는 사람들 곁눈질한다

똑바로 걷는다고 발걸음 옮기지만
평탄하지 않은 길에 휘청거릴 때 많았고
그럴 때마다 나의 중심은 바깥을 향했다
그런 나를 이른 아침 끌고 나갔다가
늦은 밤이 되어야 돌아오는 동안
올록볼록 선명한 무늬는 모습을 잃어갔고
결국 바닥에 생겨난 구멍에서
소리를 내기 시작했다
더는 안 된다고 균형을 잡아야 한다고
어디쯤에서 돌멩이 몇 개 낚아채
걸을 때마다 나를 압박하는 거였다

입맛

오랜만에 친구와 밥을 먹는다
잊고 있던 안부가 숟가락에 올라오고
그녀의 속내가 젓가락 끝에 집힌다

새로 구한 직장에서
밥이 되어 살았다는 친구
고기와 함께 씹는 일상이
내가 치는 맞장구와 어우러진다

남의 입맛 맞추는 건 쉽지 않아
기분 따라 달라지는 맛
딱 하고 씹히는 돌처럼 황당할 땐
속이 끓는 물 같지만
빨라지는 눈치가 간극을 조절해
슬쩍 넘어간다는 말에 공감했다

기가 센 텃세의 쓴맛을 잘 넘긴 그녀
시럽을 넣은 커피로 입가심을 하는
오후가 달달하다

술집으로 간 북어

원미시장 입구
'시골막걸리집' 천장에
매달려 있는 북어 한 마리

개업할 때 입에 문 만 원짜리 하나로
몇 년째 허기를 채우고 있다
벽에 붙은 빼곡한 메뉴만큼
다양한 사람들 모여들면
시원하게 속을 비우고 다시 채우는
노란 주전자에 눈이 멈춘 북어

바다를 떠나도 감지 못한 눈
긴장 속에 방을 지켰는데
중년의 여자는 내일이면
주인한테 가게를 돌려줘야 한다

바짝 마른 북어
몸 가운데 실타래를 감고
술술 풀리지 않는 이유 무엇일까

간고등어

속을 다 비우고
사랑을 알았을까?

물 밖에 나와서
빈속으로 만난 인연
굵은 소금 한 주먹씩
가슴에 품은 채
한 몸 되어 같은 곳 바라보면
간간한 정이 스며든다

물귀신

불을 끄고 누운 지 오래됐다
먹물을 풀어놓은 밤,
정적을 더하는 시곗바늘은 얼마나 갔을까
뚫지 못한 어둠이
감았다 떴다 하는 눈을 쑤신다
쏟아지던 잠은 다 사라지고
어디선가 이따금 툭, 딱,
귀를 잡아끄는 소리
오래된 냉장고도 부르르 떤다

낮과 밤의 꼬리잡기에서
놀아나다 마신 커피 한 잔
라떼, 예쁘고 하얀 하트를 믿었다
물귀신이다
수시로 몸을 노크하듯 생기는 통증은
솥뚜껑이 자라처럼 보여
방정맞은 두려움이 잠을 물고 늘어진다

시커먼 속을 닮은 커피에 숨었다가

물에 들어가면 본색을 드러내며

잡고 놔주지 않는다

멱목(幎目)

내리는 눈이 허공을 메울 때
잠들지 못한 불빛이
길 위 자동차와 아파트 창문으로
피곤하게 새어나오는 밤
술 냄새에 끌려 주점에 모여든 발들
쉬이 돌아가지 못하는데
깨지 못할 아픔을 재우듯
초저녁부터 내리던 눈이 조용히
세상을 덮는다

낮이 운명하셨다

* 멱목 : 시신의 얼굴을 덮는 천

터

길바닥 살풍경한 섬 같은 곳에
이사 왔던 느티나무 보이지 않는다
제대로 된 잎 하나 내걸지 못하고
떠난 게 벌써 몇 번째

편의점 옆집 간판이 내려지고
가게가 속을 훤하게 드러냈다

살던 흙 덩그렇게
이삿짐처럼 매달고 왔다가 쓰러지고 만
나무 같은 중년의 주인은 보이지 않고
낯선 사람들이 벌처럼 드나든다
치킨집이 들어올 때처럼
희망을 꿈꾸는 톱날이 요란하게 돌아가고
오래 머물 거라고 힘차게 못이 박힌다

새 터를 잡고 마음을 다진 간판이
낯선 풍경과 어우러지는 동안
뿌리가 든든하게 내리면 좋을.

은행나무 잎을 잃다

쉽게 열릴 것 같지 않던 지갑이
입을 열기 시작하자
이내 속까지 보였다

햇살 부서지는 은행나무 아래도
아줌마들 수다 떠는 커피잔에도
펀드 하나쯤 걸쳐 있었다

튼실했던 열매에서 구린내 나기 시작하는데
사무실 양복 주머니도
노점상 과일 바구니도
코스피 지수 붉은빛만 바라봤다

여름내 한 번 없던 대형 태풍이
먼 곳에서 날아오자
아름답던 석양이 바다에 빠지고
어둠 속에 이는 바람이 거세다

가지만 앙상한 나무 아래

일시에 떨어진 잎들이
노랗게 질려 떨고 있는데
툭,
빈 지갑 떨어진다.

살구나무

지금은 분교 된 대곡초등학교 옆
혼자 사는 호랑이 할머니 황 노인
마당에 살구나무 한 그루 꽃 피었다 지면
동글동글 맺히는 살구
자식처럼 여겼지

먹지도 못할 풋살구 눈독 들이던 아이들
노인 몰래 손에 거머쥐는 날이면
질펀한 욕, 바가지로 마당에 쏟아졌지

보리가 익는 계절
노을처럼 살구도 발그레 물이 들면
노인은 동네 아이들 불러놓고
들고 나온 소쿠리에 살구가 가득했지

노인도 집도 없는 공터에
홀로 지키는 살구나무
꽃도 살구도

폐교를 운운하는

운동장의 애들 같지

양파

어둠 속에서 서로의 등을 끌어안고
여린 뿌리로 살다 보면
무섭게 달려드는 고자리와
파고드는 돌멩이

피부가 핏빛 되도록 밀어내며
삼킨 속울음

그녀의 몸은 눈물 집이다

매운맛이 녹아든 둥근 마음
그녀의 속을 알면
내가 먼저 눈물이 난다

갯바위

속이 훤하게 드러난 바닷가
길게 누운 바위가
치어 한 마리 보살피고 있다

밤이면 얼굴 바꿔가며 손짓하는
달의 유혹
잠들지 못하고 뒤척이던 바닷물
뒷걸음질 치듯 떠날 때
홀로 남은 새끼 물고기

파도에 파인 곳에 물을 가두고
바위는 어린 걸 안고 꿈쩍 않는다

불안한 시간은 기다림이 길어
낯선 손가락 깊이 바다에서 노는 치어와
단단하게 붙들고 있는 따개비와 굴
또다시 몸이 파여도
갯바위 파도 소리를 기다린다

봄을 들이다

복숭아나무 아래 멈춰 선 할머니
물오른 나뭇가지 휘어잡는다

겨울 때 씻지 못한 나무에
새살처럼 올라오는 봉곳한 꽃망울
옹골진 가지 뚝, 꺾어들고
꽃병에 꽂을 거란다

사방에 봄이 앞다투어 오는데
할머니의 봄은 멀어지고 있어
꽃 한 송이 마중물 삼아
냉기 가득한 집에
봄을 불 지르고 싶었나 보다

무당수

고향 마을 입구에 흐르는
무당수 웅덩이에
여름이면 아이들 개구리 되어
쉴 새 없이 텀벙거렸다

친구와 미역 감던 여덟 살 창이
혼자 돌아오며 읊조리듯
상순이 죽었네
상순이 죽었네

물 위에 누워 있던 아이
아버지가 건져
몸속에 물 모두 쏟게 하자
상순이가 돌아왔다

마당에서 길을 찾던 무당수 물
흔적만 그림자처럼 남기다 말았다

제2부

등뼈

어깨에 못이 박이도록
짐을 진 날은
쓰러지듯 방바닥에 엎드려
자식들을 불렀다
형제들 돌아가며 등에 올라가
지게처럼 휘청거리며 발을 옮기면
어긋난 하루가 뚜두둑 소리를 냈고
신음 소릴 내며 시원하다는 아버지

등산로 오르막 지나 편편한 곳 들어서면
나무들의 등뼈가
길을 따라 흙 위로 드러난 채
엎드려 흙을 붙잡고 있다
오가는 발이 자근자근 밟으면
어느 나무에선가 내뱉는
아버지 신음 소리

하트

팔순을 맞은 시어머니
난생처음 제주도에 가서
휴대폰으로 보내온 손가락 하트

무엇인가 집으려는 듯한 엄지와 검지
손목만 살짝 돌리면 되는데
하트도 표정도 어설프다

벌리고 있는 다섯 입을
혼자 채우느라
시간이 거칠게 지나간 앙상한 손
고개 돌리듯 방향 바꾸는 게
쉽지 않으셨을 게다

여자가 가장 되어 산다는 건
가슴에 묻어야 할 일만큼
생소하게 다가오는 것들과 부딪치는 일

몸보다 마음을 강하게 다잡아야 했을 시간들

남녘 봄기운에 사그라지고

봄꽃처럼 환해지면 좋을 손가락 사랑

노을

참, 별일도 많다
글쎄 속옷이 빨갛지 않겠냐
나이 칠십에 남사스럽게 달거리라니

울 엄마 회춘했으니
시집 한 번 더 가도 되겠다 농을 했고
누가 들을까 겁난다던 연로한 몸엔
불덩이 같은 암이 있었다

어머니의 저녁은 그렇게 물들었고
이내 어둠을 맞았다
살 어둠이 오기 전
서쪽 바다와 하늘 맞닿은 곳이 벌겋게 흥건하다
하루를 밝히다 바다에 스러지는
또 다른 달거리

아버지의 저녁

한 번 달궈진 열기는 식을 줄 모른다
산골까지 찾아온 폭염
방 안마저 점령하자 갈 곳이 없어진 아버지
뒷산 소나무 아래로 피신해도
마른 몸에 땀이 흐른다

골목 가득했던 웃음소리 끊긴 지 오래
친구들은 먼 길 떠났고
유일한 말벗인 사촌 형은
끊긴 기억 속을 헤매고 있어
긴 여름은 창살 없는 감옥이다
갈 곳 없는 아버지의 저녁이
점점 깊어진다

봄

아들 군대 보내고
하루가 열흘 같던 날들
휴대폰에 방 하나 생겼다

소대장입니다
귀한 아들 호국의 의무 할 수 있게 보내주어 감사하며
다치지 않도록 군인화시킬 것입니다.
이 방을 통해 훈련소 생활 전반을 알려줄 것이니
나가시면 다시 초대하지 않겠습니다……

카톡, 카톡, 카카톡!
요란한 발소리
끝없는 글자들 행렬

뒤돌아보지 않고
연병장으로 달려가던 아들
물가에 내놓은 것 같은데
창밖은 봄날이 무색하게 찬바람 불고
터지는 꽃망울에 내려앉는 얄미운 눈

다시 듣다

따라오고 있다는 걸
집이 가까워서야 알았다
바라만 봐도 좋았고
늦은 밤까지 창가에 머물 때는
소원 다 들어줄 것 같아 푸근했다

밤에도 환한 게 도시지만
대낮에도 어둠 속 헤매는 일 잦아
존재감조차 잊은 지 오래
몰려오는 피곤함을 끌고
무심코 쳐다본 밤하늘 달을 보자
와락 몰려오는 그리움

동구 밖까지 따라오며
밥은 꼭 먹고 다니라던 어머니
더는 들을 수 없던
그 소리 다시 듣는다

가뭄 1

어둠은 끝없는 바다
이른 썰물 따라 시작해
때로, 전깃불 환하게 밝혀놓고
밀물 막아도 갈무리 못 하는 하루

바다가 멀리 나가는 계절이면
아버지의 하루는 길어
누운 그림자조차 힘이 없다

평생 흙에 매달려 사느라
단단하던 몸은 점점 헐거워지며
허덕이는 갈증에 소리 없이 타들어가는
자식 같은 곡식들 바라보는
아버지는 지금 심한 가뭄이다

가뭄 2

아버지 농사가 궁금해
늦은 밤 전화하니
끊이지 않는 무심한 신호 소리

화장실 갔다 정신 차리니
당신도 모르게 쓰러져 있었다는 지난겨울 이야기에
꼬리를 무는 방정맞은 생각
다시 건 전화에 반가운 목소리
웃음 앞세우며 마늘밭에 물을 주고 오셨단다

자식 같은 농작물 생각에
어둠보다 더 까맣게 되었을 아버지 속을 생각하니
손이 닿지 않는 자식도 속이 탄다

눈물을 자르는 딸

문제집 위에 동화책 올려놓고
내 얼굴 바라보던 딸
원하던 책 가슴에 안기면
봄꽃처럼 활짝 피어 나뭇잎에 살랑거렸다

어버이날,
내가 읽고 싶던 시집(詩集) 건네주고
창밖을 바라보는 딸
조잘거리는 것 다 들어주던 아빠
너무 일찍 잠든 추모 공원은
혼자 갈 시간도 엄두도 나지 않는다며
선물한 시집의 제목처럼
눈물을 눈꺼풀로 자르고 있다*

* 함민복 시집 『눈물을 자르는 눈꺼풀처럼』에서 인용.

닭 울음소리

"꼬끼오!"
휴대폰에서 나는 소리에
친정아버지 놀란 눈이 방 안을 훑는다

산골마을 삼백 년을 내리 살아
흔적마저 없어질 무덤, 주인 찾아주는 기쁨과
사서삼경 읽었다는 자부심에
체면을 밥보다 많이 드신 아버지
평생 작은 어깨에 커다란 힘을 얹고
걸음은 양반이 따라다녔다

그럼 지난번에도?
언니 하룻밤 묵어가던 날 닭이 울어
샘물가 집이 닭을 사 와 다음 날
잡아먹은 줄 알았단다

방 안 가득한 웃음소리에
아버지 헛웃음도 함께하지만
어허! 고것 참, 고것 참

올가미

친정아버지 홀로 지은 농사
몽땅 못 쓰게 만들던 멧돼지
사냥꾼 총에 쓰러졌다

마을까지 내려왔다 돌아가지 못한
어미 돼지 목에는 끊어진
녹슨 올가미가 걸려 있었다

멧돼지 차에 실려 간
다음 날도 또 그다음 날도
어미 찾아 줄줄이 내려오는 새끼들
두 마리 젖 못 먹어 죽고
몇 마리는 전문가가 키운다고 데려갔다

아들 낳지 못한 채
종갓집 외며느리로 사느라
하루에도 열두 번 도망가고 싶은 걸
참았다는 친정어머니

병원 한번 가지 않아 단단한 줄 알았던 몸

암 덩이 끌어안고

마지막 길 쉽게 떠나지 못한 것은

질긴 올가미

나 때문이었구나.

마늘밭

꼭 맞고 말리라 다짐했던
봄 문턱은 높기만 해
춥고 어두운 새벽이 이어졌다

어머니 조금씩 무너지는 순간까지
걱정 놓지 못한 마늘밭
백 리 밖 병원에서도
숨 막히는 비닐 속에 꿈틀대는
마늘 싹 꺼내주지 못해 갑갑증을 내셨다

겨울은 가난처럼 질겨
어머니를 잡고 놓아주지 않아
지그시 눈을 감자 어둠이 빠르게 왔고
앰뷸런스는 급하게 소리를 냈다
걸어 나갔던 집 누워 오신 어머니
꾹 다문 입술처럼 감았던 눈
힘겹게 잠시 떴다 다시 감고
당신이 가고 싶어 하던

재 너머 가랑베 밭

한쪽을 웅크린 채 지키고 있다

마늘밭에 부는 바람 아리다.

숨바꼭질

당숙은 숨바꼭질을 했다
말도 없이 숨으면 숙모와 마을 사람들
걱정 가득한 얼굴에 발걸음이 무거웠다
법하고는 거리가 멀고 남을 먼저 생각하던 분이
동네를 벗어나는 반칙도 하고
한밤중에 마을 앞 정자 밑에 숨어
많은 발이 찾아도 해제란 없다

퇴직 없는 농사일 버거운 나이
어린 시절로 돌아가고 싶었을까
기억의 길을 따라갔다 돌아오는 길은
힘들었던 삶처럼 곳곳이 뚝뚝 끊겨
아들도 며느리도 낯설어한다

집에 가야 한다고 자꾸 집을 나서다
그렇게 싫다던 요양원으로 가고 말았다
혼자 된 사촌 보면 눈물이 난다 했고
그런 형을 바라보는 아버지는 눈물을 흘린다

평생을 옆집에서 함께했는데

자식이 데리러 올 때만 기다린다는 당숙 소식

찬바람에 듣는다

바람의 길

느티나무 잎을 자분자분 걸어온 바람
열어놓은 창으로 시원하더니
어디로 갔는지

계절이 바뀔 때마다
훈풍이 되기도
태풍이 되기도 하지만
때로는 길을 잃고 헤맬 때도 있다

할머니 몸속에 불었던 바람
길을 잃고 쓰러져
병원에서는 마지막 준비를 말하고
아버지는 바람의 길을 찾아야 했다

손가락 길이의 침에
바람은 끝자락을 보였지만
지워지지 않는 얼룩처럼
할머니 반쪽을 잡고 말문을 막으며

헤매던 길 찾지 못하다

할머니 떠나신 후에야 잠이 들었다

당나귀 기침

"미자야!"
"네~"
"들리냐?"
귀엣말에 고개 돌리면
할머니 얼굴에 웃음이 번졌다

감기가 쇠도록 어린 걸 잡고 놓지 않아
방바닥에 까라져 누운 몸은
불을 담은 화로처럼 열이 오르고
기침을 할 때마다 당나귀가 울었다

어른들 애간장 끓이며
밤낮을 가리지 않고 울던 당나귀
떠난 지 오랜 시간 지나도록
할머니는 가는귀먹었을까
틈만 나면 나지막한 소리로
미자를 불렀다

구만동 76번지

발걸음 멈추면 사라지는 길처럼
다시 공터로 돌아갈 집
한 끼에 서너 개씩 차리던 밥상
상 위에 수저 하나둘 사라질 때마다
조금씩 이야기도 줄더니
이제 아버지 스스로 차린 밥상에
수저 하나 고요를 먹는다

사는 게 사는 게 아니라 버티고 있다는
겨울 앞둔 빈 들녘 같은 가슴에
찬바람이 수시로 찾아와 휘젓고 가는
공터 하나 있다

의자

중동대로 사거리 횡단보도 앞에
버려진 의자 하나
기억처럼 깜빡이는 신호등 아래
숨죽인 흑백을 밟으며 가는 발들
바뀌는 불빛만큼 지난 시간을 훑는다

내려앉는 무게를 버티며 보낸 하루는
그만큼 자신을 갉아먹는 일
단단하던 볼트 흔들거리거나
삐걱 소리 잦아지면
정적처럼 다가오는 떠나야 할 시간
설 자리도 돌아갈 곳도 없어
밀려오는 두려움과 불안함 아득해도
균형 잃으면 무너지는 건 순간이라고
팽팽한 긴장이 흐르는 다리
어둠이 기어오른다

왕복 10차선 사방으로 뚫린 길

가족이 찾지 않는 건

성녕 잊은 걸까 잃은 걸까

아직은 쓸 만한데

의자로 살아온 날들 까무룩하다

무

겨울 한기 매섭게 지나가

화분 몇 개 빈 몸이 된 베란다

이곳에도 봄이 내려앉아

아껴 먹다 남은 무 하나

흙도 없는 곳에 웅크린 채

싹을 키운다

푸르게 자랄수록 속은 비어지고

바람 든 자리 구멍 숭숭한데

철없는 싹은 꽃망울 많이도 맺었다

꽃보다 눈이 가는 무

비워낸 몸만큼

마음도 가벼우면 좋으련만

꽃대에 매달린 꽃봉오리마다

놓지 못하는 근심, 근심

어머니를 갉아먹다

투박한 감나무 잎 사이로
옹기종기 매달린 풋감들
하루가 다르게 자라면
나뭇가지 땅으로 향했다

해진 수건 머리에 쓰고
비탈밭에 매달리던 어머니
호미질 단내 나도록 뜨겁던 날들
무쇠라던 몸 휘어져
땅을 입에 물었다

점점 야위어가는 몸에
옹이처럼 암 덩이 자리 잡아
움켜잡은 배 놓지 못하고 마지막 가는 날도
내리 낳은 딸들은 밥그릇을 비워냈다

평생 어머니를 갉아먹었다.

제3부

61

낯설다
툭, 건들기만 해도
눈물이 날 것 같다
겨울 끝자락 잡고 봄이 오듯
이제부터 시작이라는데
눈발이 날리고 바람이 맵다

도시에서 산다는 건

정 붙이며 살아도
메워지지 않는 거리
요란하게 돌아가는 전기 톱날에
버즘나무 가지 잎이 달린 채
길바닥에 뒹군다

잘려진 몸뚱이 사이로
찬 바람 사납게 불어오고
몇 발짝 물러섰던 하늘이
슬쩍 공간을 메운다

하루아침에 모든 걸 잃은 채
길거리에 나앉아
처음 도시로 왔을 때를 생각한다
그래, 또 어떻게 살아지겠지
다시 돋은 잎이 상처를 가려주고
잘리면 다시 일어서야 하는 게

도시에서 살아남는 일

각질처럼 일어나는 껍질 아래

버짐이 하얗게 핀다

초저녁

퇴근길
고단함을 끌고 오다
고개 들어 하늘을 본다

하얀 박꽃에 반딧불이 넣어
은은한 등처럼 가슴에 담던 별
다 어디로 갔을까?
내 곁을 떠나 별이 된 사람들
나누고 싶은 이야기 허공에 흩어지고
가슴 가득 그리움 쌓이는 곳에
별 몇 개 반짝인다

마지막 버스에서

수원에서 부천 오는 마지막 버스

터미널을 벗어난 지 얼마 되지 않아

남자의 고개가 스르르 내 어깨에 넘어져

밀어내기 몇 번 해도 제자리다

십 년 넘게 이 길을 출퇴근했던

남편 생각에 얌전하게 어깨를 내주자

한 남자 삶의 무게가 전해진다

가장으로 산다는 게 얼마나 고단했으면

낯선 여자 어깨에서 세상모른 채 단잠을 잘까

움켜잡은 빵 봉지 놓치지 않는 집념

날마다 저렇게 하루를 붙잡았을 것이다

코까지 골던 남자 터미널 다가오자

벌떡 일어나 도리질로 잠을 털고

나는 어깨의 가벼움을 느끼며

자는 척 두 눈을 살짝 감았다

새 벽

새벽이 새 벽일 때가 있다
날이 밝아도 잡고 늘어지는 아침잠에
떨어지지 못하는 눈꺼풀처럼
쉽게 걷히지 않는 안개 속 새벽은
넘어야 할 하루의 벽이다

마음 놓고 기대던 든든한 기둥이
속수무책으로 무너져
허정거리며 밖으로 나간 거리는 황량한 벌판
갈 곳이 없다
기둥 대신 기댈 곳을 찾느라
공부하듯 훑어 내려간 구인 광고지
키를 키우듯 점점 높아지는 벽 앞에 주저앉으면
갚아야 할 대출금과 자식 대학 등록금이
삼킬 듯 넘실거리며 다가온다

새벽 인력시장 헛걸음질하는 사람들 뉴스를 보며
나만 힘든 게 아니라고 스스로를 다독이며

버드나무 가지처럼 처진 어깨를 추슬러

새 벽이 새벽이 되는 날을 향해

주저앉았던 자리를 털고 일어선다

겨울밤 하늘 강

늦은 밤,
버스에서 내리면
기다렸다는 듯 찬 바람 달려들어
겹겹이 껴입은 빈틈을 파고든다

휴, 나도 모르게
바닥 모를 곳에서 나온 한숨
하늘을 쳐다보면 거기엔 강이 있다
검푸른 물이 무뚝뚝한 아파트 사이를 흐르고
시리도록 떠 있는 얼음덩이가
온전하지 못한 달을 밀어낸다

저 어디쯤
마지막 인사도 없이 떠난 사람
보고 있을 것 같아
품고 있던 뜨거운 그리움이
툭, 툭, 물수제비뜨면

귓전에 들리는 따뜻한 목소리

'추워, 어여 들어가!'

처서

가슴에 안겨도 모른 채
허공만 바라보는 연못
하늘은
파랗게 멍이 든다.

공구 상가 거리에서

공구 상가 거리에 가면

이름 모르는 부속품과

어디에 쓰는지 알 수 없는 물건들 속에

한 남자의 모습이 아른거린다

새로운 것을 갈망하고

더 나은 것을 만들고자

마음은 쉬지 않았고

생각은 수첩 속에 쌓여만 갔다

틈만 나면 이 거리를 돌아다니다

돌아올 땐 부품 몇 개 희망을 들고 왔지만

얇은 지갑에 마음 놓고 꿈은 펼쳐보지도 못했다

해줄 게 없다며 의사도 포기한 몸

땅이 꺼지게 미련을 버렸고

진한 아쉬움이 작은 부품에 떨어졌다

"이것 하나도 몇만 원인데……"

소금꽃

한때는 바다였던 갈대밭에
하얗게 핀 소금꽃 본다

새벽에 나갔다 어둠 속에 돌아와
허물처럼 벗어놓은 옷에
띠를 이루던 물의 기억

염전에 매인 바닷물처럼
꼼짝없이 매달려야 했던 시간
등에서 흘러내린 뜨거운 하루가
고스란히 허리춤에 고여
허옇게 부서지는 꽃

보이지 않는 길 걸어간 만큼
뒤로 밀려난 날들
푸르게 사는 것이 소금꽃 피우다가
그대,
부서지는 일이었던 것을.

호수

곁에 가면 소리 없이
빠지고 만다
그대에게 간다는 건
그렇게 빠져드는 거였다

가불하고 싶다

허리를 마음대로 움직일 수 없어
침 맞고 물리치료 받고
알약을 한 옴큼 먹어도
쉬이 낫지 않는다

욕심부리지 않아 지갑 얇아도
무탈한 날들에 감사하던 때
복병처럼 나타난 폭풍에
기대고 있던 중심이 무너졌다
지난날은 꿈만 같고
가야 할 길은 가시밭 같아
두 다리가 자꾸만 주저앉는다

커진 덩치만큼 생각이 다른 자식들
내일을 향해 가려는 길 불안해 보여
핑계 삼아 삼키던 하루가
실타래처럼 뒤엉키는 일 잦아
미래를 가불하고 싶다
딱 10년만,

그대, 안부를 묻다

궁금한 적 없었다
먼 곳을 가거나 오르막길 힘들어도
마음 한 번 쓰지 않았다
있는 듯 없는 듯
굽혀야 할 자리 서슴지 않더니
가을 문턱에서 삐걱거리기 시작한다

딸깍딸깍 알아듣지 못할 소리
아프게 발목을 잡고
굽히는 것을 거부하며 뻣뻣하다

뼈와 뼈 사이에서
부족한 듯 반월로 살아야 하는데
타고난 욕심은 만월과 가까운 원판형
금이 가고 가운데 찢어진 걸 알고서야
수시로 안부를 물어본다

그대 아직은 괜찮으신가?

월동

깊은 밤 잠결에 들리는 소리

그놈이다!

여름밤 잠 좀 자려면

가까이서 먼 곳 사이렌 소리로 위협하던,

내 몸과 살을 섞어도 모르다가

내가 나를 내리쳤을 땐

보란 듯 선명하게 흔적을 남기는

치고 빠지기 명수였지

엄동설한 어느 추운 밤

또다시 들리는 분명한 소리

처서에 삐뚤어졌을 입으로

지금껏 살아남은 모진 목숨을 찾아

방 안을 환하게 밝혔지만 헛수고

다음 날 아침, 부엌에서 딱 마주쳤다

순간 절대 놓치지 않겠다는 생각에

저절로 손에 잔뜩 힘이 가는데

빌빌거리며 나는 모습이라니

싱겁게 내 손에 들어온 너를 보며

겨울을 난다는 게 얼마나 힘겨운 일인지

백열등

상가 3층 공사하고 천장에 흐르던 물
몇 달 지난 오늘
다시 길을 찾은 걸까

크르륵 크르륵 숨 가쁜 소리
하루를 넘기지 못한다던 말 귓가에 맴돌아
연명하던 호수 빼듯
전기 스위치 내리고
열어본 전등갓 속엔
흥건한 물이 전구 속까지 찰랑거린다

틈을 보이면 허를 찌르며
비집고 들어오는 세상
어둠을 환하게 밝히느라
빈틈없었는데
어느 틈으로 들어온 물이 반쯤 고여 있다

물불 가리지 않고 마지막까지

빛을 밝히던 백열등

속이 시커멓다

가을이 둥글다

허공에도 보이지 않는 벽이 있어
곧게 자라던 고추 고부라진다

바람에 흔들리고 흙물 튀어도
바닥을 두려워 않고
한여름 열기를 지나고 맞은 가을

세상이 단잠에 빠져도
꼿꼿하게 가는 매운 길
새끼 크는 즐거움만 있으면
무너지지 않더라는 어머니

마음처럼 곧던 등이 휘어져
곡선으로 드러난 곳을
한가위 둥근달이 비춘다

가을이 둥글다

제4부

장미

울타리 사이로
빠져나오고
담을 넘다
딱, 걸렸다

줄줄이 빨개진 얼굴들
햇살이
가시처럼 따갑다.

파랑이

투명한 유리를 사이에 두고
듣지도 못하는 걸 '파랑아' 부르면
물속에 바람이 일 것처럼 다가온다

누구도 집에 들이지 못하는 성격
거울 속 자신과 싸우려는 모습에
짝을 찾아 거품집 지어도 못 본 척했다

사랑의 기다림은 물거품이 되고
골목을 배회하듯 유영하는 쓸쓸함

혼자라는 건 섬 하나를 만드는 일
그래도 그 길을 가야 한다고
작은 몸 부풀리며 긴장 놓지 않았는데
검은 반점 한 개가 몸을 물고 늘어졌다
지느러미 바닥을 쓸며 물속을 헤매는 너
아픈 몸 곁에 두고
바라보기만 하는 건

가슴이 까맣게 타는 일

한 생이 속절없이 무너지고 있다

* 파랑이 : 열대어 베타의 별칭.

돌아오지 않는 바다

갈대들이 모두 등을 돌리고 있다
토막처럼 잘린 바다가 뭍에 갇히자
달이 차올라도 더 이상 물은 돌아오지 않았고
영문을 모르는 어린 조개들은
하얗게 기억을 지웠다

사강 갈대밭 형도 습지
누구도 쉽게 들이지 못해 축축한 곳을
조심스레 들어온 갈대 무리
띠를 이루던 소금꽃 사라질수록
오그라들던 뿌리 땅속 파고들어
잎이 흔들리며 허공을 부여잡았다

휑한 습지를 채워나가는 갈대
해풍이 밟고 지나가면
출렁거리는 파도를 만들어
돌아오지 않는 바다를 노래했다
온몸이 바싹 말라
속에 구멍이 뚫리도록

고물

낡은 리어카에 끌려
집 밖으로 나오는 임 씨 할머니
뼈에 가죽만 걸친 손으로
밥그릇에 고봉으로 밥을 담듯
종이상자 플라스틱 찌그러진 캔……
보이는 대로 주워 담는다

한 번 갔던 곳은
스스로 정하는 내 구역
누군가가 기웃거리면
날을 세우며 으르렁거리기도 하며
길고양이처럼 눈에 불을 켠다

몸도 머리도 고물이 다 되었다는 할머니
봄날이 모래처럼 손가락 사이로 흘러내렸지만
앞서간 아들이 남긴 손녀 하나
살아야 할 이유가 분명해
오늘도 회사 가듯
리어카가 할머니를 끌고 출근을 한다

주꾸미

푸념 같은 독백이
틀어놓은 수돗물처럼 쏟아진다

펄펄 살아서 오면 내가 죽겠다 산 채로 머리 훌렁 뒤집어
야지 빤히 보는 눈까리 싹둑 잘라야지 그래도 퍼들거리는
다리를 보면 힘이 센 게 아니라 필시 아파서 그런 기다. 몸
뚱아리 잘려 나가는데 너라고 왜 아프지 않겠냐.
그러니 얼른 죽어라 죽어, 얼른 죽어

밥으로 먹고 사는 그녀
끓는 물에서 주꾸미 꺼내며

다음 생은 사람으로 태어나라

서러운 이름

블루베리 농사 짓는 지인의 농장
싸리비로 쓴 마당 같은 밭에
고만고만한 나무들이 다닥다닥
작은 꽃을 달고 있다.

호미질도 명아주도 모르던 그녀
나무 곁에 나온 풀들
눈치 없이 아무 데나 나온다며
수시로 두더지게임을 한다

블루베리 나무보다 먼저 뿌리 내린 풀
흙이 나른해진 틈을 뚫고 나오면
자라기도 전에 뭉개지며
이름 대신 불러지는 풀, 풀, 풀, 잡풀

스스로 살 수 있어도
발 못 붙이게 하는
서러운 이름 누운 곳에
별꽃 또르르 떨어진다.

유모차가 불안하다

그믐달처럼 휜 등이 밀고 가는
텅 빈 유모차
골목을 돌아 노인정까지
마음으로 가는 시속 90킬로

산마루 눈 덮인 모습으로
빠르다, 빠르다며 온몸으로 가는 길
삐걱거리는 날 있어도
젓가락 맞추듯 살아왔지만
조금씩 벌어진 몸과 마음이 어긋나고 말아
놓친 버스처럼 지나간 젊음을 바라본다

한곳으로 모여드는 유모차들
새로운 것도 없는 일상이
스쳐 지나는 바람처럼
돌아서면 어디론가 사라지고 말아
선명하게 남은 오래전 기억만 들먹이며
풀잎 위 이슬방울 떨어지는 속도를 읽는다

달음박질치는 시간이 남기고 간 자국

얼굴에 점점 깊게 패이고

마음은 번한데 따라주지 않는 몸

십 원짜리 고스톱 화투 한 장에도 시간이 걸린다

마음의 속도는 가속이 붙어도

점점 멀어지는 경로당

불안, 불안한 유모차를 밀고 가는

어머니 어머니들

구만이

산허리 휘어감은 신작로 돌아가면
병풍처럼 산으로 둘러싸인 곳
대문 없는 집처럼
마음을 열고 사는 사람들

산등성이 사방으로 길이 뚫리고
알 수 없는 차들
산골 동네 적막을 깨면
혼자 집 지키는 노인 몇 명
뉴스에 나오는 흉흉한 이야기에
마음을 빗장처럼 걸어 잠근다

소나무 아래 황금 구만 냥 찾아오니
꿈같은 시간에 굶어 죽은 가족들
황금과 함께 묻었다는 농부 이야기가
슬프게 전해지는 구만이

종일 이야기 한번 나눌 사람 없이

잠자리에 드는 내 아버지

등 굽은 소나무처럼 홀로 사신다

그 장이 좋다

한 달에 한 번 열리는 장이 있다
앞에 내놓은 건 고작 종이 한 장
밭에서 갓 뽑아온 채소처럼
장이 열릴 때마다 신선하다
놓치지 않으려 안간힘 쓰기도 하고
마음에 들지 않아 외면도 하다가
가끔은 옆길로 새기도 하지만
금방 제자리로 돌아와 장을 살린다
사공 많은 배 같은 장에는
은유와 직유가 날아다니고
똑바로 앉아 삐딱하게 보는 일상이
처음 만난 듯 낯설다
행간에 숨겨놓은 마음 용케 찾는다

글쟁이들이 여는 넉넉한 시장(詩場)

뒤통수가 뜨겁다

음식물 쓰레기를 버린다는 게
비닐봉지 버리는 데 쏟아놓고
빈 봉지만 들고
아차!

마음처럼 캄캄한 쓰레기통
들여다보다 찐빵과 만두 들고
경비실 문 두드렸더니
의자에 앉아 졸던 경비원
모자 벗으며 깍듯이 인사하는데
두 눈 가득 들어오는 백발의 할아버지

뒤통수가 뜨겁다

학교 가는 길

여천동네 사는 친구들
나무들 비켜준 길로
빙글빙글 산을 타고 내려오면
앞을 가로막는 강물
아침부터 발목을 잡고
어림없다는 듯 시퍼렇게 흘렀다

살며시 강물 옆구리를 간질이면
손끝에 느껴지는 말랑말랑한 물의 살
살가워 장난치며 팔을 뻗으면
거친 물의 뼈가 드러났다

꿈을 메고 산을 넘은 까치 떼
학교가 있는 강 건너에
아침마다 합창하듯 소리를 질렀다

배 건네줘요오오~

미끄러지듯 나룻배 오는 동안

아이들마다 그리던 다리는

폐교가 되도록 보이지 않았다

푸른 것들에 대한 기억

동짓날,
때아닌 비가 청소를 한다

세상은 시끄럽고
손님 없어 문 닫는 가게들 늘어나
어둠이 가득한 거리
얼었던 기온을 풀어놓고
세차게 물을 쏟아붓는다
쉽게 지워지지 않을 얼룩들
작달비 안간힘 쓴다

목 한번 축이지 못하고
쓰러져 간 푸른 것들에 대한 기억
기울어가는 한 해의 끝자락
어두운 밤에 찌든 때 씻어낸다

옹벽에 터를 잡다

수직으로 서 있는
시멘트 옹벽 움푹 파인 곳에
풀 한 포기 산다

창문처럼 내다보는 밖은 아득하기만 해
바람에 흔들어 보는 연둣빛 몸짓
날개를 펼치면 날 수 있을까

비상을 꿈꾸지만
절벽에서 홀로 뿌리 내리는 건
외로움과 싸우는 일
살점처럼 깨져나간 몸을 보듬듯
어린 풀을 끌어안는 깨진 옹벽

자글자글한 흔적 가득한 얼굴로
섬이 된 사람
담장 앞에서 가던 발 멈춘다

하마종 오다

회식하고 오던 날
혀가 반을 접어 아래를 훑는다

익숙한 길에 생긴 요철처럼
덜컥 걸리는 말랑거림
그물 같은 신경들 곤두선다

젖은 빨래처럼 후줄근하던 날과
삼킨 음식들 머릿속에 줄 세우며
들여다본 거울에는
암탉 뱃속에 생기다 만 난황 하나
하마로 조용히 자리 잡았다

수영할 물도 없는 어두운 곳에
몸을 부풀린 핏덩어리
심기가 불편한 입안의 세치 혀
웅크린 하마를 수시로 툭툭 치면

알 수 없는 손님이 너무 잦다고

몸뚱이 바닥에 벌렁 눕는다

* 하마종 : 혀 밑 부분에 발생하는 점액종.

그날

사촌 동생 시집에는
내 어머니 얘기가 자리 잡고 있다

어머니 몹쓸 병들어 병원 찾은 이야기, 꿈꾼 얘기
먹고 싶은 걸 돌아가실 때까지 구하지 못했던
홍무 이야기가 어제 같다

동생은 큰고모에 대한 그리움을
종이에 까맣게 새겨놓았는데
늙으면 내 옆에서 살겠다던
어머니 마음 한 줄 쓰지 못하고
앞에 놓인 길 헤매고 있다

주말만 찾아가던 병원 길
어머니 땅에 묻고 돌아보니
겨울해보다 짧았던 것을

나비 날던 장례식과 달리
5년을 꼬박 많은 눈 내리던

가족애의 시학

맹문재

1.

가족애는 한국인들에게 형성된 삶의 고유한 특성이자 근본적
인 유형이다. 한국 사회의 정치, 경제, 문화 등에 지속적으로 영향
을 끼치는 관습이자 풍속인 것이다. 그리하여 원초적인 생활 공
동체인 가족 구성원들의 결속을 강화시키는 것은 물론 사회 구성
원으로서 제 역할을 하는 데 토대가 된다. 사회 체계의 규범을 만
들고 구성원들의 공동 가치를 생산하며 사회 통합을 이루는 기제
가 되는 것이다.

한국 사회에서 가족애는 가족주의라는 용어로 불리면서 부정
적으로 인식되는 면이 크다. 가족애를 가치중립적인 개념으로 인
식하기보다는 가족 이기주의 또는 연고주의 등과 연관된 것으로
간주하는 것이다. 이와 같은 인식은 조선시대 중기 이후 자리 잡
은 한국 특유의 유교적 가족주의가 뿌리 깊게 내렸기 때문이다.
그리하여 근대 국가 형성 과정에서 가족주의는 비판의 대상이 되

었을 뿐만 아니라 지금까지 부정적으로 이어져오고 있는 것이다.

서구의 문물이 밀물처럼 밀려오는 상황이었지만 19세기 말의 조선은 미처 준비를 하지 못했기 때문에 당황한 채 배척하는 태도를 취했다. 그와 같은 상황에서 개화를 내세우는 인사들은 조선의 가족주의를 가문 중심주의로 진단하고 비판했다. 특히 개신교 계열의 개화파들은 조선의 가족주의가 가족들이 절대 복종할 수밖에 없는 가부장제여서 남녀평등 사상을 가로막는다고 보았다. 유학 계열의 개화파들 역시 가족주의를 극복해야만 민족의 대동단결을 이룰 수 있다고 진단했다. 조선이 근대 국가를 이루기 위해서는 가족보다 국가를 중심으로 단결해야 한다고 호소한 것이다. 유학자들의 이와 같은 입장은 혁신을 통해 가족주의를 개선하려는 것이었다. 가족주의 자체를 부정한 것이 아니라 바람직한 방향으로 나아가야 한다고 주장한 것이다.

이와 같은 관점에서 가족애를 무조건 부정할 것이 아니라 긍정적으로 이해하고 추구할 필요가 있다. 마치 민족주의가 세계주의를 거부하는 것이 아니라 주체적이고 능동적으로 민족의 자존을 확인하는 것처럼 가족애 역시 가족의 자존을 토대로 사회애로 확대해나갈 필요가 있는 것이다. 가족애를 통해 가족 이기주의를 극복하고 사회 구성원의 공동 이익과 보편적인 윤리를 마련할 수 있는 것이다.

허윤설 시인이 추구하는 가족애에서 그와 같은 면을 볼 수 있다. 자신의 어머니 아버지는 물론이고 남편, 자식, 형제들에 대한 사랑은 작품의 토대이면서 지향점이 되고 있다. 자신의 가족 사랑에 머무르지 않고 사회적 존재들을 품고 있는 것이다.

2.

꼭 맞고 말리라 다짐했던
봄 문턱은 높기만 해
춥고 어두운 새벽이 이어졌다

어머니 조금씩 무너지는 순간까지
걱정 놓지 못한 마늘밭
백 리 밖 병원에서도
숨 막히는 비닐 속에 꿈틀대는
마늘 싹 꺼내주지 못해 갑갑증을 내셨다

겨울은 가난처럼 질겨
어머니를 잡고 놓아주지 않아
지그시 눈을 감자 어둠이 빠르게 왔고
앰뷸런스는 급하게 소리를 냈다
걸어 나갔던 집 누워 오신 어머니
꼭 다문 입술처럼 감았던 눈
힘겹게 잠시 떴다 다시 감고
당신이 가고 싶어 하던
재 너머 가랑베 밭
한쪽을 웅크린 채 지키고 있다

마늘밭에 부는 바람 아리다.

—「마늘밭」 전문

위의 작품의 "어머니"는 "조금씩 무너지는 순간까지"도 "마늘밭"에 대한 걱정을 놓지 못했다. "백 리 밖 병원에서도/숨 막히는 비닐 속에 꿈틀대는/마늘 싹 꺼내주지 못해 갑갑증을 내"신 것이다. 어머니가 "봄"이 오는 것을 "꼭 맞고 말리라 다짐했던" 이유도 농사를 짓기 위해서였다. 그렇지만 "어머니"의 "봄 문턱은 높기만 해/춥고 어두운 새벽이 이어"지고 말았다. "겨울은 가난처럼 질겨/어머니를 잡고 놓아주지 않아/지그시 눈을 감자 어둠이 빠르게" 다가온 것이다. 그리하여 "앰뷸런스는 급하게 소리를 냈"지만 "어머니"는 "걸어 나갔던 집 누워 오"시고 말았다.

　　작품의 화자는 한평생 농사를 지은 "어머니"의 그 운명을 안타까워하고 있다. 이 세상의 어느 누구보다도 땅을 사랑했기 때문에 계속 농토와 함께하길 기원했지만 그럴 수 없기에 아쉬워하는 것이다. 화자는 "어머니"가 농부로서의 삶을 영위한 것을 운명이라고 여긴다. 실제로 "어머니"는 "꾹 다문 입술처럼 감았던 눈/힘겹게 잠시 떴다 다시 감고/당신이 가고 싶어 하던/재 너머 가랑베밭/한쪽을 웅크린 채 지키고 있"었다. 이 세상을 떠나는 순간까지도 정성을 다해 땅을 품었던 것이다. 그리하여 화자에게 "마늘밭에 부는 바람"은 아리고도 아린 것이다.

> 아버지 농사가 궁금해
> 늦은 밤 전화하니
> 끊이지 않는 무심한 신호 소리
>
> 화장실 갔다 정신 차리니

당신도 모르게 쓰러져 있었다는 지난겨울 이야기에
꼬리를 무는 방정맞은 생각
다시 건 전화에 반가운 목소리
웃음 앞세우며 마늘밭에 물을 주고 오셨단다

자식 같은 농작물 생각에
어둠보다 더 까맣게 되었을 아버지 속을 생각하니
손이 닿지 않는 자식도 속이 탄다

—「가뭄」 전문

위의 작품의 화자는 "아버지 농사가 궁금해/늦은 밤 전화"를 걸었는데 당신이 받지 않고 "무심한 신호 소리"만 끊이지 않고 들린다. 그리하여 화자는 "화장실 갔다 정신 차리니/당신도 모르게 쓰러져 있었다는 지난겨울 이야기"를 떠올리고, 혹 무슨 일이 일어난 것은 아닐까 하는 "방정맞은 생각"도 한다.

화자는 그와 같은 불행이 일어나지 않기를 간절히 바라며 다시 전화를 걸었는데, 다행히 "반가운 목소리"가 들려온다. 당신은 "웃음 앞세우며 마늘밭에 물을 주고 오셨"다고 말씀하신다. 가뭄으로 "자식 같은 농작물"이 말라 죽게 되자 당신의 마음속은 "어둠보다 더 까맣게 되"어 "마늘"을 살리기 위해 밤잠도 설치며 밭에 나가 물을 준 것이다.

이와 같이 「마늘밭」의 "어머니"나 위의 작품에서의 "아버지"는 전형적인 농부이다. 그리하여 화자는 생을 다하는 순간까지 "마늘밭"을 걱정한 "어머니"나 날이 가물어 말라가는 "마늘밭"에 나가 물을 주는 "아버지"를 기꺼이 품는다. 농부의 자식답게 "아버지 농사"를 걱정하는 것이다.

　농자천하지대본(農者天下之大本)이라는 말이 있듯이 농부는 하늘 아래에서 가장 근본적인 일을 하는 사람이다. 사회적인 권세나 부를 갖지 못한다고 할지라도 자연의 엄정함을 알고 그 질서에 삶을 맞추려고 애쓰는 것이다. 봄이 되면 씨를 뿌리고 여름이 되면 가꾸고 가을이 되면 거두어들이고 겨울이 되면 농사를 준비하는 것이 그 모습이다. 그리하여 농부는 자연과 함께 살아가려고 하는 선한 마음과 지혜를 가지고 있다. 곡식의 생명을 소중하게 여겨 마늘밭에 나가 물을 주는 "아버지"가 그 여실한 예이다. 화자는 그 "아버지"와 "어머니"를 품으며 사랑의 본질을 배우고 있다.

　　투박한 감나무 잎 사이로
　　옹기종기 매달린 풋감들
　　하루가 다르게 자라면
　　나뭇가지 땅으로 향했다

　　해진 수건 머리에 쓰고
　　비탈밭에 매달리던 어머니
　　호미질 단내 나도록 뜨겁던 날들
　　무쇠라던 몸 휘어져
　　땅을 입에 물었다

　　점점 야위어가는 몸에
　　옹이처럼 암 덩이 자리 잡아
　　움켜잡은 배 놓지 못하고 마지막 가는 날도

내리 낳은 딸들은 밥그릇을 비워냈다

평생 어머니를 갉아먹었다.

—「어머니를 갉아먹다」 전문

위의 작품의 화자는 "어머니"의 생애를 안타까워하며 자식된 도리를 다하지 못한 것을 죄송스러워하고 있다. 어머니의 삶은 "해진 수건 머리에 쓰고/비탈밭에 매달"린 것이어서 "호미질 단내 나도록 뜨겁던 날들"이었다. 그리하여 "무쇠라던 몸 휘어져/땅을 입에 물" 수밖에 없게 되었다. "점점 야위어가는 몸에/옹이처럼 암 덩이 자리 잡아/움켜잡은 배 놓지 못하고 마지막 가"고 만 것이다.

화자는 어머니가 세상을 뜬 "날도/내리 낳은 딸들은 밥그릇을 비워냈다"고 자책하고 있다. "평생 어머니를 갉아먹었다"고 토로하고 있는 것이다. 화자는 이와 같이 반성하는 자세로 가족애를 심화시키고 있을 뿐만 아니라 확대하고 있다.

3.

공구 상가 거리에 가면
이름 모르는 부속품과
어디에 쓰는지 알 수 없는 물건들 속에
한 남자의 모습이 아른거린다

새로운 것을 갈망하고
더 나은 것을 만들고자
마음은 쉬지 않았고
생각은 수첩 속에 쌓여만 갔다

틈만 나면 이 거리를 돌아다니다
돌아올 땐 부품 몇 개 희망을 들고 왔지만
얇은 지갑에 마음 놓고 꿈은 펼쳐보지도 못했다

해줄 게 없다며 의사도 포기한 몸
땅이 꺼지게 미련을 버렸고
진한 아쉬움이 작은 부품에 떨어졌다

"이것 하나도 몇만 원인데……"

　　　　　　　　　　　　　　　　　—「공구 상가 거리에서」 전문

　위의 작품의 화자는 "공구 상가 거리에 가면/이름 모르는 부속
품과/어디에 쓰는지 알 수 없는 물건들 속에/한 남자의 모습이 아
른거린다"고 속내를 드러내고 있다. 그 이유는 그 "남자"가 "새로
운 것을 갈망하고/더 나은 것을 만들고자/마음은 쉬지 않았고/생
각은 수첩 속에 쌓여"갈 정도로 열심히 살았기 때문이다.

　그렇지만 그 "남자"는 자신의 뜻을 이루지 못했다. "틈만 나면
이 거리를 돌아다니다/돌아올 땐 부품 몇 개 희망을 들고 왔지만/
얇은 지갑에 마음 놓고 꿈은 펼쳐보지도 못했"던 것이다. 그리하
여 "해줄 게 없다며 의사도 포기한 몸"에 이르렀을 때는 "땅이 꺼

지는 미련을 버"릴 수밖에 없었다. "진한 아쉬움이 작은 부품에 떨어"지고 만 것이다.

작품의 화자는 그 "남자"가 꿈을 이루지 못한 이유가 성실하지 않아서라거나 전문 지식이 부족해서라고 생각하지 않는다. 정보력이 부족해서라거나 기획력이나 시장성이 부족해서라고 여기지도 않는다. 그보다는 "이것 하나도 몇만 원인데……"라고 그가 토로한 것을 떠올리는 데서 볼 수 있듯이 자본이 부족해서라고 생각한다. 실험에 필요한 부품을 마음대로 구입할 수 없었고, 그에 따라 성과를 낼 수 없었다고 안타까워하는 것이다. 따라서 화자는 꿈을 이루지 못한 그를 탓하기보다 열악한 환경 속에서도 자신의 꿈을 키워보려고 애쓴 그를 품는다. 이 자본주의 사회에서 물질적 토대가 열악한 개인이 자신의 뜻을 이루는 일이 결코 쉽지 않기에 그를 껴안는 것이다.

이와 같은 화자의 사랑은 농사를 천직으로 여기고 온몸을 다해 일한 부모님으로부터 체득한 것이다. 농사짓는 일이 부귀영화를 누릴 수 없는 것을 잘 알고 있으면서도 자신의 운명에 투사하는 모습을 귀감으로 삼은 것이다. 그리하여 화자의 가족애는 사랑의 가치는 결과에 있지 않고 과정에 있다고 인식할 정도로 품이 넓고 깊다.

문제집 위에 동화책 올려놓고
내 얼굴 바라보던 딸
원하던 책 가슴에 안기면
봄꽃처럼 활짝 피어 나뭇잎에 살랑거렸다

어버이날,

내가 읽고 싶던 시집(詩集) 건네주고

창밖을 바라보는 딸

조잘거리는 것 다 들어주던 아빠

너무 일찍 잠든 추모 공원은

혼자 갈 시간도 엄두도 나지 않는다며

선물한 시집의 제목처럼

눈물을 눈꺼풀로 자르고 있다

—「눈물을 자르는 딸」 전문

"문제집 위에 동화책 올려놓고/내 얼굴 바라보던 딸"은 "원하던 책 가슴에 안기면/봄꽃처럼 활짝 피어 나뭇잎에 살랑거렸다". 그와 같은 "딸"이 "어버이날,/내가 읽고 싶던 시집(詩集) 건네"줄 정도로 자랐다. 어머니가 좋아하는 시집을 선물할 만큼 신체적으로도 정신적으로도 성숙해진 것이다.

그렇지만 그 "딸"은 자신이 "조잘거리는 것 다 들어주던 아빠/너무 일찍 잠든 추모 공원은/혼자 갈" 엄두를 내지 못한다. "선물한 시집의 제목처럼/눈물을 눈꺼풀로 자르고 있"는 것이다. 그것은 "아빠"와의 사랑이 아주 깊어 이 세상에 "아빠"가 존재하지 않는다는 사실을 아직 믿지 못하기 때문이다. 다시 말해 "아빠"에게 받은 사랑을 이 세상의 사람들에게 전하지 못하는 것이다. 위의 작품의 화자는 그 상황에 놓인 "딸"을 껴안는다. 자신에게 시집을 어버이날 선물로 준 것처럼 이 세상에도 선물을 주는 존재가 되리라고 "딸"을 믿는 것이다.

이와 같은 가족애는 "아들 군대 보내고/하루가 열흘 같던 날들"

을 보내다가 소대장이 만든 "핸드폰"의 "카톡"에 귀 기울이는 모습에서도 볼 수 있다. "카톡, 카톡, 카카톡!/요란한 발소리/끝없는 글자들 행렬"(『봄』) 속에서 아들의 힘찬 걸음을 지켜본다. 국방의 의무가 결코 쉬운 일이 아니지만 기꺼이 수행하리라고 믿는 것이다. 결국 화자는 가족애를 가족 사랑으로 국한시키지 않고 사회애로 확대시키는 것이다.

4.

　　산허리 휘어감은 신작로 돌아가면
　　병풍처럼 산으로 둘러싸인 곳
　　대문 없는 집처럼
　　마음을 열고 사는 사람들

　　산등성이 사방으로 길이 뚫리고
　　알 수 없는 차들
　　산골 동네 적막을 깨면
　　혼자 집 지키는 노인 몇 명
　　뉴스에 나오는 흉흉한 이야기에
　　마음을 빗장처럼 걸어 잠근다

　　소나무 아래 황금 구만 냥 찾아오니
　　꿈같은 시간에 굶어 죽은 가족들
　　황금과 함께 묻었다는 농부 이야기가
　　슬프게 전해지는 구만이

종일 이야기 한번 나눌 사람 없이
잠자리에 드는 내 아버지
등 굽은 소나무처럼 홀로 사신다

—「구만이」 전문

　위의 작품의 "구만이"는 "산허리 휘어감은 신작로 돌아가면/병
풍처럼 산으로 둘러싸인 곳"이다. 그 산촌마을에는 "대문 없는 집
처럼/마음을 열고 사는 사람들"이 거주해왔다. "소나무 아래 황금
구만 냥 찾아오니/꿈같은 시간에 굶어 죽은 가족들/황금과 함께
묻었다는 농부 이야기가/슬프게 전해지는 구만이" 사람들이 대
(代)를 걸쳐 살아온 것이다. 그들은 집집마다 대문이 없을 정도로
공동체의 삶을 영위해왔고, 길흉사를 함께 지낼 정도로 하나의
생활 단위를 이루어왔다.

　그렇지만 마을 사람들이 공유하던 경험과 상호부조의 관행은
"산등성이 사방으로 길이 뚫리고/알 수 없는 차들/산골 동네 적
막 깨면"서 사라졌다. "혼자 집 지키는 노인 몇 명/뉴스에 나오는
흉흉한 이야기에/마음을 빗장처럼 걸어 잠"그게 된 것이다. 이렇
듯 "구만이"의 공동체 의식은 내부의 사정보다는 외부의 사정에
의해 무너졌다. 도시화와 상업화의 유입으로 말미암아 전통 마을
사람들의 신뢰감이며 일체감이 허물어진 것이다.

　이와 같은 모습은 1960년대 이후 국가의 도시화와 공업화 정책
에 따라 대부분의 농어촌 마을에서 나타났다. 농어촌의 젊은이들
이 교육과 취업의 기회를 찾아 도시로 빠져나감으로써 인구수가
감소하고 인구 구성도 바뀐 것이다. 그리하여 전국의 어느 촌락

이나 인구 공동화 현상을 겪고 있다. "종일 이야기 한번 나눌 사람 없이/잠자리에 드는 내 아버지/등 굽은 소나무처럼 홀로 사"시는 모습이 그 상황이다. 작품의 화자는 그 "아버지"를 품으며 자신의 고향 사람들도, 함께 살아가고 있는 이웃들도 품는다.

> 원미시장 입구
> '시골막걸리집' 천장에
> 매달려 있는 북어 한 마리
>
> 개업할 때 입에 문 만 원짜리 하나로
> 몇 년째 허기를 채우고 있다
> 벽에 붙은 빼곡한 메뉴만큼
> 다양한 사람들 모여들면
> 시원하게 속을 비우고 다시 채우는
> 노란 주전자에 눈이 멈춘 북어
>
> 바다를 떠나도 감지 못한 눈
> 긴장 속에 방을 지켰는데
> 중년의 여자는 내일이면
> 주인한테 가게를 돌려줘야 한다
>
> 바짝 마른 북어
> 몸 가운데 실타래를 감고
> 술술 풀리지 않는 이유 무엇일까
>
> ─「술집으로 간 북어」 전문

위의 작품에서 화자는 "원미시장 입구/'시골막걸리집' 천장에/매달려 있는 북어 한 마리"를 눈여겨보고 있다. "개업할 때 입에 문 만 원짜리 하나로/몇 년째 허기를 채우고 있"기에 "벽에 붙은 빼곡한 메뉴만큼/다양한 사람들 모여들면/시원하게 속을 비우고 다시 채우는/노란 주전자에 눈이 멈춘 북어"의 모습이나, "바다를 떠나도 감지 못한 눈/긴장 속에 방을 지"키는 "북어"의 모습을 안쓰럽게 바라보는 것이다. 화자가 "북어"를 안타까워하는 것은 "중년의 여자는 내일이면/주인한테 가게를 돌려줘야" 하는 형편을 걱정하기 때문이다. 그리하여 "바짝 마른 북어/몸 가운데 실타래를 감고/술술 풀리지 않는 이유 무엇일까"라고 묻는다.

"북어"와 생사고락을 함께해온 "시골막걸리집"의 형편이 어려운 것은 자본주의 체제에 제대로 적응하지 못해서이다. 자본주의는 이익을 획득할 수 있을 만큼의 자본을 요구했지만 가게는 세를 내어 장사하는 형편에서 볼 수 있듯이 그 요구를 채우지 못했다. 또한 자본주의는 전문적인 기술과 전략을 요구했지만 가게는 자본의 부족으로 인해 전문적인 요리법을 계발하지 못했을 뿐만 아니라 가게 시설이나 마케팅 전략이나 단가나 임금 등도 충족시키지 못했다. 이렇듯 가게의 형편이 어려운 것은 경영자의 성실함이나 창의력이 부족해서가 아니라 구조적으로 한계가 있기 때문이다.

작품의 화자는 이와 같은 처지에 놓여 있는 "시골막걸리집"과 "북어"를 끌어안는다. 이 세계를 지배하는 물질 가치보다 인간 가치를, 자본주의가 요구하는 경쟁 가치에 맞서 공동체 가치를, 유적(類的) 존재로서의 사랑을 추구하는 것이다.

수원에서 부천 오는 마지막 버스
터미널을 벗어난 지 얼마 되지 않아
남자의 고개가 스르르 내 어깨에 넘어져
밀어내기 몇 번 해도 제자리다

십 년 넘게 이 길을 출퇴근했던
남편 생각에 얌전하게 어깨를 내주자
한 남자 삶의 무게가 전해진다
가장으로 산다는 게 얼마나 고단했으면
낯선 여자 어깨에서 세상모른 채 단잠을 잘까
움켜잡은 빵 봉지 놓치지 않는 집념
날마다 저렇게 하루를 붙잡았을 것이다

코까지 골던 남자 터미널 다가오자
벌떡 일어나 도리질로 잠을 털고
나는 어깨의 가벼움을 느끼며
자는 척 두 눈을 살짝 감았다

—「마지막 버스에서」 전문

위의 작품의 화자는 "수원에서 부천 오는 마지막 버스"를 탔다가 "터미널을 벗어난 지 얼마 되지 않아/남자의 고개가 스르르 내 어깨에 넘어"지는 경우를 겪는다. 화자는 "밀어내기 몇 번" 했지만 그 상황이 "제자리"일 정도로 난감하다. 화자는 당사자에게 항의하거나 버스 기사에게 알릴 생각도 했지만, "십 년 넘게 이 길을 출퇴근했던/남편"이 떠올라 참는다. 참을 뿐만 아니라 "얌전하게 어깨를 내"준다. "가장으로 산다는 게 얼마나 고단했으면/낯선 여자 어깨에서 세상모른 채 단잠을 잘까"라고, "움켜잡은 빵 봉지 놓치지 않는 집념/날마다 저렇게 하루를 붙잡았을 것"이라고 그를 이해하는 것이다.

이와 같은 모습에서 화자의 가족애는 이기적인 가족 사랑이 아닌 것을 알 수 있다. 오히려 인간 가치가 점점 훼손되고 있는 이 자본주의 시대를 극복하는 구체적이고 연대적인 사랑인 것이다. 자신의 가족을 사랑하는 일과 다른 가족을 사랑하는 일은 결코 분리할 수 없다. 따라서 가족애는 개인적인 차원을 넘어 사회적이고 문화적인 차원에서 요구되는 역할을 감당한다. 사회와 문화로부터 영향 받고 또 영향을 끼치는 것이다. 그렇기 때문에 시장 가치가 철저히 지배하는 이 자본주의 사회에서 가족애는 매우 소중한 것이다.

가족이란 말을 들었을 때 무슨 생각이 드는가라는 질문에 '같은 피로 맺어진 사람들의 모임'이라고 대답한 한국 사람들의 경우가 다른 나라 사람들보다 많고(한국 48.8%, 미국 9.4%, 일본 34.3%), 성인이 된 자식이 진 부채에 대해 부모가 갚아주어야 한다고 응답한 경우도 그러하다(한국 50.8%, 미국 23.7%, 일본 30.3%). 부부가 이혼을 원해도 자녀의 장래를 생각해서 그냥 사는 것이 좋다고 표명한 경우도 마찬가지이다(한국 91.6%, 미국 30.4%, 영국 21.8%).[1]

그렇지만 이와 같은 한국의 가족 관계는 점점 와해되고 있다. 혼자서 생계를 책임지는 1인 가구가 증가하고, 미혼 및 이혼이 높아지고, 독거노인이 늘어나고 있기 때문이다. 배우자가 있는 가

---

1 최상진, 『한국인 심리학』, 중앙대학교출판부, 2000, 270~291쪽.

족도 직장 문제나 자녀 교육 문제로 주말 부부 내지 기러기 가족으로 살아가는 경우가 늘어나면서 원만한 가족관계를 이루기가 힘들다. 노동 시장의 불안과 장시간 노동도 친밀한 가족관계의 형성을 가로막고 있다.

이와 같은 상황에서 허윤설 시인이 추구하는 가족애는 주목된다. 가족 사랑이야말로 이 자본주의 사회에서 소외된 인간들을 살려낼 수 있는 궁극적이면서도 구체적인 방법이기에 공감되는 것이다. 가족애는 감정적이거나 요행으로 추구하는 사랑이 아니라 꾸준하게 실천하는 사랑이다. 이기적인 가족주의를 극복하고 가족 구성원들의 사회화에 영향을 끼쳐 사회 통합의 규범이 되는 것이다.

孟文在 | 문학평론가·안양대 교수

푸른사상 시선 117

마지막 버스에서